W9-ATY-532

Killari

By

Mónica Valverde and Rossmary Valverde

Gallery 444

San Francisco

This book is published by Gallery 444

444 Post Street, San Francisco, CA 94102.

GALLERY
FOUR FORTY FOUR

First Edition: October 2007

ISBN: 978-0-615-15666-8

Printed in the United States of America

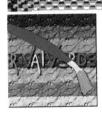

Killari's parents had decided to move to Lima because the school in their little village did not have enough classrooms. The children often overheard Mama and Papa worrying about when Killari would be able finish second grade.

The time to make a change had now arrived.

The children said good-bye to friends and relatives and crossed the village in silence, filled with sorrow that they had to leave their home. Their animals were loaded with the packs Papa had filled that morning.

Killari looked back at her white-walled schoolhouse with its red-tiled roof. She promised her school and her village that she would return one day.

Los padres de Killari habían decidido mudarse a Lima ya que en su pueblo los colegios no contaban con suficientes aulas. Los niños escuchaban a menudo acerca de su preocupación de cuando Killari terminara el segundo grado de primaria y el momento del cambio había llegado.

Luego de despedirse de sus amiguitos y parientes cruzaron el pueblo en silencio, iban llenos de tristeza por tener que dejar su hogar. Los animales estaban cargados de bultos que el papá había acomodado esa mañana.

Killari dio una mirada hacia atrás para ver su colegio de rojas tejas y blancas paredes y le prometió volver algún día.

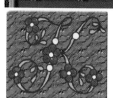

Killari and Pachito rode together on the donkey. Their parents rode the horses. The family traveled through many new places. They were dazzled by the beautiful green mountains, zigzagging roads, pale blue skies, and clouds that looked like cotton. The children had not realized that the mountains were broken by so many deep and sharply cut canyons.

"Look, Papa, a lost sheep!" they exclaimed.

A woolly sheep was grazing far away from her herd. In the distance, the children saw other sheep and a shepherd with his dog surrounded by large pastures.

Suddenly, the horses jumped in fear. The children glimpsed something racing past them and began to scream.

Papa quickly calmed them down. "That was a harmless vizcacha," he said. "It was running to hide." Vizcachas are rodents that live in the countryside. They look like rabbits, eat corn, and hide in trees or in underground caves, which they dig between rocks in the mountain plains.

"Let's go," said Killari, and they continued on their journey.

Mientras Killari y Pachito montaban el burro, sus padres iban en los caballos. Viajaron a través de muchos lugares nuevos para ellos. Estaban impresionados por los cerros llenos de hermosa vegetación verde, un cielo azul celeste, nubes que parecían de algodón, y zigzagueantes caminos. Los niños no sabían que entre las montañas se entretejían profundas y agudas quebradas.

— ¡Mira, papá, una oveja perdida! — exclamaron los niños al unísono.

Una lanuda oveja pastaba alejada de su rebaño. Grandes pastizales los rodeaban. Más allá en la lejanía se veían otras acompañadas de un pastor y su perro. De pronto, los caballos se sobresaltaron y los niños comenzaron a gritar espantados. Con dificultad lograron ver algo extraño que pasó velozmente. Papá los tranquilizó y les dijo que era sólo una inofensiva vizcacha que corría para ocultarse.

Las vizcachas son roedores del campo. Se parecen

mucho a los conejos, comen maíz y se esconden en subterráneos que ellas mismas escarban en las mesetas de los cerros, entre las rocas o en los árboles.

— ¡Vamos! — dijo Killari mientras continuaron cabalgando.

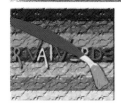

When night arrived, they became numb from the cold. The family and their animals were very tired. It was time to rest.

Killari and Pachito had never slept outside of their home and felt uneasy. But Papa knew a cave where they could stay.

"How did you know about this place?" Killari asked.

"Other travelers have passed through these canyons," Papa said. "You can see their footprints on the road."

"I can't see anything!" Pachito declared.

Their father had traveled before, and he knew where to find piles of rocks for building a fire ring. Those same rocks had helped other travelers.

Suddenly, terrifying screams rang out in the dark. "Paaaac, paaaaac, paaaaaac!"

The kids hugged each other and tried not to look. Everything was frightening in the dark.

"I'm scared," Pachito whispered.

"I-I-I-I'm not," Killari stuttered, but she still hugged her little brother tightly. To avoid looking in his face, she covered her head with her poncho.

"What's the matter?" Mama asked, surprised. "Don't you recognize that sound? Back in our village it shrieks and flies by without bothering anybody. You should be used to it."

Then Killari remembered the paca paca. But she also remembered that many people were convinced this owl was the bearer of bad news, so Killari felt even more scared.

After Papa lit a bonfire and the family snuggled together to stay warm, the children weren't frightened anymore.

The paca paca had left.

Al llegar la noche, el frío comenzó a entumecerlos. La familia y sus animales estaban exhaustos, era hora de descansar.

Era la primera vez que Killari y Pachito dormían fuera de casa y sentían incertidumbre. Papá Wayra sabía dónde había una gruta en que podrían cobijarse.

— ¿Cómo conocías este lugar? —preguntó Killari.

— Otros viajeros ya han pasado por estas quebradas, puedes ver sus huellas por el camino –contestó papá.

— Yo no veo nada —dijo Pachito.

Su padre había viajado antes y conocía dónde se amontonaban las piedras para colocar la leña. Esas mismas piedras habían servido a otros viajeros.

De pronto, se escucharon unos gritos aterradores — ¡Paaaac!, ¡paaaaac!, paaaaaac!...

Los niños se abrazaron y no quisieron mirar. Todo estaba demasiado oscuro.

—Tengo miedo —susurró Pachito.

—Y-o, y-o, y-o, yo no —tartamudeó Killari, pero se abrazaba fuertemente a su hermanito y evitaba dar la cara ocultando su cabeza con el poncho.

— ¿Qué? ¿Acaso no reconocen ese sonido? — preguntó Mama Nina, sorprendida — En el pueblo chilla con frecuencia y pasa volando sin molestar a nadie. Ya deberían estar acostumbrados.

Killari se acordó de la Paca Paca. Mucha gente aseguraba que esta lechuza era portadora de malas noticias y le dio aun más temor. Una fogata fue encendida por Papá Wayra y todos se acurrucaron para estar abrigaditos, los pequeños ya no tenían miedo.

La Paca Paca se había ido.

Mama woke them the next morning, and they continued their journey.

On the road, they passed a huge ranch. It spread as far as their eyes could see and was filled with strawberries. While their parents stopped at the spring, Killari and Pachito filled their pockets with the juicy berries, to bring to their relatives when they arrived in Lima.

"These are for our cousins," Killari told Pachito, as she put a handful of berries in his pocket.

They rode for three more days. The weather was bad on two nights, and they built campfires to keep warm. The last night they stayed at a little motel, where they found someone who bought the horses and donkey for a good price.

Al día siguiente, la mamá los despertó y continuaron su viaje. En el camino vieron una gran chacra. Era realmente inmensa y estaba llena de fresas. Mientras sus padres se detuvieron junto a un manantial, Killari y Pachito se llenaron los bolsillos de jugosas frutillas para invitarles a sus parientes al llegar a Lima.

— Estas son para nuestros primos — dijo Killari, mientras colocaba un puñado de fresas en los bolsillos de Pachito.

Cabalgaron durante tres días más. Dos noches pasaron a la fría intemperie haciendo fogatas para entrar en calor. La última noche se hospedaron en un hotelito donde hallaron quién les comprara los caballos y el burro a un buen precio.

On the last day of their journey, they started out very early, but this time by bus. "Wow! We're riding in a real bus," Killari said, in awe.

They were excited to see so many cars, of every model and size, on a highway that looked like a snake with no end. What they enjoyed the most were the trucks, loaded with fruit, which had little signs on the front.

Killari read the signs in a loud voice, so that everyone would see that she knew how to read. "That sign says 'Beloved Town,' and that other one says 'Superman.'"

Papa explained, "Drivers give names to their trucks. They feel attached to them, since the trucks are the tools of their trade."

Mama was proud, because she didn't know how to read herself, but Killari did.

"Watch out!" Pachito screamed. "Here comes a truck missing an eye!"

"No, no. That isn't an eye," Papa told him, "It's one of the headlights. The truck is missing a headlight." Everyone burst into laughter.

The mountains grew farther and farther away, and the sky changed from pale blue to a color between white and gray.

El último día partieron muy temprano, pero esta vez en ómnibus.

— ¡Uy! ¡Estamos en un autobús de verdad!— Killari exclamó emocionada.

Estaban fascinados de ver pasar tantos autos, de todos los modelos y tamaños en la carretera que parecía una culebra sin fin. Pero lo que más les llamó la atención fueron los camiones cargados de frutas que llevaban un letrerito delante. Killari leía en voz alta para que todos supieran que ella ya sabía leer:

— Ese letrero dice: "Querido pueblo", y ese otro, "Superman".

— Los conductores suelen ponerle nombres a sus camiones por los cuales sienten cariño ya que son sus herramientas de trabajo — explicó papá.

Mamá Nina estaba orgullosa porque aunque ella no sabía leer, Killari, sí sabía.

— ¡Cuidado! — gritó Pachito —¡Allá viene un camión sin un ojo!

— ¡No, no! Ese no es su ojo, es uno de sus faros. Le falta un faro, —dijo, Papá Wayra. Todos se echaron a reír.

Los cerros se alejaban más y más. El cielo iba cambiando de azul celeste a un color entre blanco y gris.

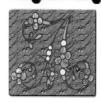

*A*t last, they arrived in Lima.

Uncle Tiusho met them at the bus stop. He picked up little Pachito, hugging him against his big belly. He squeezed so hard that the strawberries in Pachito's pockets didn't stand a chance. After the hug, they both had strawberry juice all over their pants.

They talked about a thousand things, telling their uncle of all the wonders they had seen on their journey.

In Lima everything was new to the children, especially the Limeños' way of speaking. Killari and Pachito spoke Quechua and very little Spanish, so they had trouble being understood.

*A*l fin llegaron a Lima. Tío Tiusho los esperaba en el Terminal. Cuando cargó al pequeño Pachito, lo abrazó con tal fuerza contra su gran barriga que las fresas en el bolsillo de Pachito no resistieron. Después del abrazo, ambos tenían los pantalones hechos jugo de fresa. Hablaron de miles de cosas y le contaron al tío todas las maravillas que habían visto durante el viaje.

En Lima, todo resultaba novedoso para los niños, especialmente el modo de hablar de los limeños, pues Killari y Pachito hablaban quechua y muy poco español y les costaba hacerse entender.

One day, Uncle Tiusho took them to the most famous fair in the city. They bought balloons and sweets. The appetizing smell of food filled the air. There were way too many people.

Mama Nina grew fearful and agitated. "Look at Pachito's face! It's all sticky with honey!" She acted like a mother hen with her chicks. "My goodness! So many people! So many sellers! So many families! Be careful they don't smother you! Where's your little brother? Hold on to your bag! Don't drop your caramel apple!"

They all wanted to buy something, and they wanted to go on all the rides.

They fought their way into the crowd to buy tickets to ride on the roller coaster. In the middle of this commotion, Mama shouted, "Ay! My shoe fell off! Kids, my shoe!"

Nobody could see it. The crowd was dragging them away. Uncle Tiusho was trying to protect his big belly from being crushed. They held on to one another's hands tightly for fear of getting lost.

Little by little, the crowd thinned, and after a time the street became deserted. They could not find Mama's shoe, although they saw many abandoned shoes without partners along the grand avenue. There were others searching for lost things, but no one found what was missing.

"Look!" shouted Papa suddenly. "There's Mama's shoe!"

Everyone laughed with relief.

Un día, Tío Tiusho los llevó a la feria más popular de la ciudad. Compraron globos y dulces. El apetitoso olor de la comida se esparcía por todas partes. Había demasiada gente.

— ¡Uy!, pero ¡qué melcocha la cara de Pachito está pegajosa y cubierta de miel!— Mamá Nina estaba asustaba y agitada, parecía una gallina con sus pollitos.

— ¡Uy!... ¡Cuánta gente! ¡Cuántos vendedores! ¡Cuántas familias! ¡Cuidado los aplastan!... ¿Dónde está tu hermanito?... ¡Agarra bien tu bolsa!... ¡No dejes que se caiga tu manzana acaramelada!...

Todos querían comprar algo. Todos querían subir a los juegos mecánicos y luchaban por conseguir boletos para la montaña rusa.

En medio de este laberinto, Mamá Nina gritó:

— ¡Ay! ¡Se salió mi zapato! ¡Niños, mi zapato!

Nadie lo veía. La multitud estaba arrastrándolos. Tío Tiusho trataba de proteger su enorme barriga de la apretadera. No se soltaban las manos por temor de perderse ellos mismos.

Luego de un rato, la muchedumbre se dispersó y poco a poco la calle fue quedando desierta. No encontraban el zapato de mamá, pero había muchos otros zapatos sin par abandonados por sus dueños a lo largo de la gran avenida. Había otros buscadores de objetos perdidos, también; pero nadie hallaba lo que le faltaba.

— ¡Miren! —gritó papá —¡Allá está el zapato de mamá!

Todos estallaban de risa.

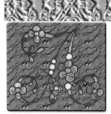

As the months in Lima passed, Killari and Pachito got used to the deafening noise during recess in their new school. The children there pushed and pulled each other, yelling and screaming.

In the beginning, Killari wouldn't let go of her little brother's hand. A loving and encouraging teacher helped the two of them to gain confidence. After a while, they adjusted to their new life.

Killari was learning to write and do math. She made new friends and played sports with them. Her favorite activity had always been art, so she continued to draw and paint with her watercolors. Pachito was also doing well in class, learning his colors and letters. Life was full of new experiences they would never forget.

Once in a while, Killari missed her old home, mostly when the moon came out. The moon was the night light for her village, but in Lima no one noticed it at all. In the city, nobody lit bonfires. People sat in front of their television sets without speaking.

City people went to bed late. City children didn't know how to play nicely with one another. They didn't respect the rules of the simplest games.

Killari and Pachito missed the tunas (prickly pears they picked from cactuses) and the chirimoyas they used to eat every day. These fruits were very expensive in Lima.

The children longed for the colorful mountains of their home, the taste of pure water, and especially the company of their grandparents and friends.

A medida que pasaban los días en Lima, Killari y su hermanito se iban acostumbrando al ensordecedor bullicio de los niños de su nueva escuela, sobre todo a la hora del recreo. Los niños allí se empujaban, se jalaban y gritaban entre ellos.

Al principio, Killari no soltaba la mano de su hermanito, pero una amable y entusiasta profesora los ayudó a ganar confianza. Al poco tiempo, estaban ya adaptados a esta nueva vida.

Killari aprendía escritura y matemáticas, practicaba deportes y hacía nuevas amistades. Su actividad favorita siempre había sido la pintura, así que siguió dibujando y pintando con sus acuarelas. A Pachito también le iba bien en las clases y estaba aprendiendo los colores y las letras. La vida se llenaba de nuevas experiencias que nunca olvidarían.

De vez en cuando, Killari se sentía nostálgica, sobre todo cuando la luna salía y a nadie parecía interesarle. En la ciudad no se encendían fogatas. La gente se sentaba frente al televisor sin decir una palabra.

La gente citadina se acostaba tarde y los niños no sabían jugar con otros niños, no sabían respetar las reglas de los juegos más sencillos.

Killari y Pachito extrañaban las ricas tunas que cogían de los cactus y las chirimoyas que solían comer todos los días. En Lima, eran frutas muy caras.

Los niños echaban de menos los cerros de colores, el sabor del agua pura, pero principalmente extrañaban a sus abuelitos y amigos.

With the arrival of spring, which happens in September in Peru, there was always a lot of activity at school. The teachers encouraged all the children to participate in Los Juegos Florales, school contests, held in spring when many flowers are in bloom.

There were competitions in spelling, science, drawing and painting, theater, poetry, and many other skills.

One day when Killari was in fifth grade, her teacher came into the classroom very excited and announced, "Killari, you're going to represent our grade in the interscholastic contest!"

When Killari did not understand what "interscholastic contest" meant, her teacher explained, "It's an art competition. You will compete with children from many other schools to create the best picture."

Killari's classmates cheered.

En el colegio había mucha actividad debido a la llegada de la primavera. Los profesores animaban a los alumnos para participar en los "Juegos Florales", que eran concursos escolares que se realizaban en el mes de Septiembre cuando la primavera llega a Perú y abundan las flores.

Hay diferentes tipos de competencias: letras, ciencias, teatro, poesía, dibujo y pintura.

Un día, la profesora llegó al aula, muy entusiasmada y dijo:

— ¡Killari, vas a representar al quinto grado de primaria en el concurso ínter escolar!

Killari no entendía qué significaba eso de "concurso interescolar".

— Harás un dibujo y competirás con muchos niños de otras escuelas para crear el mejor dibujo — le explicó la profesora.

Los compañeros de Killari le hicieron hurras.

On the day of the contest, many people gathered in the National Library. The judges, teachers, and parents waited impatiently for the children to make their drawings.

Suddenly Killari realized that the other kids had already finished half of their work, and she hadn't even begun! She felt strange. Her board was blank. The people around her seemed to be in a distant place. Her heart beat rapidly. Fear of failing her friends, teacher, and parents filled her mind.

She thought of many things. Of how Papa Wayra, who worked so hard that he had little time to paint, himself, had given her his own paints for the contest and told her, "You will win."

Of how, on nights when Mama Nina was very tired from caring for them all, she still had time to tell them stories about her home town.

In her old home, Killari had helped Mama watch Pachito and feed the animals. She would wake up early to go out to the fields, no matter how cold it was. She liked to sit there and watch the sun come up. She had heard of the capital of Peru many times, and in those moments she would ask herself, "What would it be like to live in Lima?"

El día del concurso de dibujo, mucha gente estaba reunida en la Biblioteca Nacional. El jurado, los profesores y padres de familia esperaban con impaciencia que los niños terminaran de dibujar.

Algo le estaba ocurriendo a Killari. Se daba cuenta que otros niños ya casi llegaban a la mitad del trabajo y ella ni siquiera había empezado el suyo. Su cartulina estaba en blanco. Se sintió extraña. Miraba a todos como desde un lejano lugar. El corazón empezó a latirle más rápido. El temor de decepcionar a sus amigos, a la maestra y a sus padres se apoderó de ella.

Ideas inquietantes cruzaban su mente. Pensaba en Papá Wayra que trabajaba tanto que no podía pintar y sin embargo le había entregado sus propias pinturas y le había dicho:

—Tú ganarás.

En Mamá Nina, quien siempre les contaba historias de su pueblo , a pesar del cansancio por las labores domésticas.

En su pueblo , Killari le ayudaba a su madre a cuidar su hermanito y alimentaba a los animales. Se levantaba muy temprano para ir a la chacra, sin importar el frío. Le gustaba sentarse y mirar la salida del sol. Había oído hablar de la capital del Perú tantas veces. "¿Cómo será Lima?", se preguntaba en ese entonces.

Thinking of Papa brought back a memory from when she was very small.

She remembered a day, before the family came to Lima, when they had passed a town and stopped to shop. Though they didn't have much money, Papa tried to please her.

"What would you like?" he asked, looking lovingly at Killari.

She said, without hesitation, "These ribbons, Papa! How beautiful they are!"

She was only eight then, but she knew she wanted those green ribbons for her black braids. Green was her favorite color. The people of her village had always said she looked very good in green, and she knew she would feel wonderful when she wore those precious green ribbons.

Now she had been in Lima for two years, far from where she was born.

Al pensar en papá, le vinieron memorias de cuando era muy pequeña.

Recordó un día, antes de llegar a Lima, cuando pasaron por un pueblo para hacer algunas compras. A pesar de que no tenían suficiente dinero, papá trató de complacerla.

— ¿Qué te gustaría? — le preguntó papá, mirando con cariño a Killari.

—Esas cintas, papá. ¡Qué lindas! —dijo ella sin dudar.

Tenía apenas ocho años entonces, pero sabía lo que quería: aquéllas cintas verdes para sus negras trenzas, el verde era su color favorito y la gente de su pueblo siempre le había dicho que ese color le quedaba muy bien. Ella estaba segura que se sentiría maravillosa cuando usara aquellas cintas.

Ya había estado en Lima dos años, lejos de donde nació.

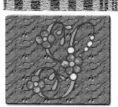

Someone on the judges' panel said encouragingly, "Hey! Let's go, little one! Don't be nervous."

Killari returned to reality. She realized that she'd wasted a lot of time letting her mind wander through memories of the past.

She looked at her blank board and began to paint with speed and freedom, as though she were the best artist in the world. Inspired by her memories, she did not lift her gaze until she was almost done.

Then, out of the corner of her eye, she saw a boy drawing with yellow and black who had already finished. A girl had drawn a doll with a colorful little house.

There were only fifteen minutes of painting time left.

She regretted not using all of the time to paint; she regretted not having kept calm. She never lacked ideas. All she needed was time, just a little time and nothing else.

— ¡Hey! ¡Vamos, pequeña! No estés nerviosa— la alentó alguien del jurado.

Killari reaccionó. Se dio cuenta que ya había perdido demasiado tiempo divagando en el pasado. Miró su cartulina en blanco y empezó a dibujar como si fuera la mejor artista del mundo, con velocidad y soltura. Estaba inspirada y no levantó la mirada hasta casi haber terminado.

Con el rabillo del ojo vio a un niño que estaba dibujando con los colores negro y amarillo, que ya había terminado. Una niña había dibujado una muñeca con su casita de colores.

Faltaban apenas quince minutos.

Se lamentaba de no haber aprovechado el tiempo desde un principio por no haber mantenido la calma. Ella nunca carecía de ideas. Ahora las tenía y todo lo que necesitaba era tiempo, sólo un poco de tiempo y nada más...

When the judges announced that the hour was up, Killari had just made her last brush stroke.

All the children turned in their paintings, although their paint was still wet. They waited with their family members in the auditorium of the National Library, where the judges would award prizes for the best works of art.

The announcer declared that Killari had won the first prize for the fifth grade. She was astonished. Shyly, Killari approached the stage.

The director of the school system said, "I congratulate you! How old are you?"

"Ten," Killari replied timidly.

"What would you like to be when you grow up?"

"An architect," she answered, with conviction.

"An architect? How interesting!"

Everyone wanted to hug and congratulate her. Her teacher was overjoyed. She and the school would receive a prize.

"What did you paint, Killari?" her teacher asked.

Killari showed her picture. She had painted a group of children from her village, at night, just as she remembered them, playing in a circle of intensely shining moonlight. The moon's glow was so bright that you could see the houses of the village as if it were daytime. The boys and girls laughed with joy. They were having lots of fun. One of them had tied her braids with green ribbons.

The realism and color of the painting had enchanted the judges. They did not hesitate for a minute to declare it the winning painting.

Cuando el jurado anunció que la hora se había cumplido, Killari había dado la última pincelada a su obra.

Todos los participantes entregaron sus pinturas aún húmedas y esperaban con sus parientes en un auditorio de la Biblioteca Nacional donde premiarían los mejores trabajos de arte.

El anunciador mencionó a Killari como la ganadora del primer puesto entre los alumnos de quinto grado. Asombrada y avergonzada a la vez, se acercó al escenario.

— ¡Te felicito! —dijo el Director del colegio organizador. — ¿Cuántos años tienes?

—Diez — respondió Killari.

— ¿Qué te gustaría ser cuando seas grande?

— Arquitecta—dijo con convicción.

— Arquitecta? ¡Qué interesante!

Todos querían abrazarla y felicitarla. La profesora se aproximó contenta, ella y el colegio también recibirían un premio.

¿Qué has dibujado Killari? —le preguntó.

Killari explicó que su pintura mostraba a un grupo de niños jugando a la ronda en la noche bajo la luz de la luna que brillaba intensamente. Era tan fuerte ese brillo que se podía ver las casas del pueblo como si fuese de día. Los niños y las niñas se reían felices, se divertían. Una de las niñas llevaba cintas verdes atadas a las trenzas.

El realismo y colorido del dibujo había encantado al jurado que no dudó en declararlo la pintura ganadora.

Mama and Papa understood how much Killari missed their old village. They decided to give her an extra prize by taking her back to visit their relatives for a week.

This time they traveled by train. What joy!

The family watched the passing landscape through the train window. The city faded as they rode deeper into the countryside. Gradually the beautiful colors of the mountains and trees appeared, making Killari very happy.

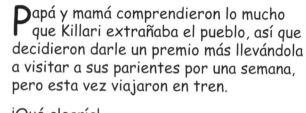

Papá y mamá comprendieron lo mucho que Killari extrañaba el pueblo, así que decidieron darle un premio más llevándola a visitar a sus parientes por una semana, pero esta vez viajaron en tren.

¡Qué alegría!

Observaban el paisaje a través de las ventanillas del tren. Las construcciones urbanas desaparecían mientras se dirigían hacia el pueblo. Los bellos colores de los cerros y los árboles iban apareciendo gradualmente, Killari se sentía feliz.

Mama Nina asked, "Why do you want to be an architect, sweetie?"

Killari said, "Because I dream of building a very big school in the village, Mama, where there will always be enough classrooms. That way, no child will have to leave our village to get an education."

"In that case," said Papa Wayra, "we will work together to build it. Yes, Killari? What do you think?"

Killari nodded, with a wide smile of satisfaction.

Pachito cried, "Look, Killari, look! Tunas! There are tunas!"

"Yes, Pachito, and there goes a vizcacha!" said Killari.

What everyone felt didn't have to be spoken.

They would be in the village for only a few days. Then they would return to Lima and fight for what they'd promised themselves, to build a school in their little village.

Now a great dream awaited them, Killari's dream, the dream of many girls and boys from the mountains, the dream of all children in the world. It was a dream painted on a sheet of cardboard expressing the purest childhood desires.

— ¿Por qué quieres ser arquitecta, hijita? —preguntó mamá Nina.

— Porque sueño construir un colegio muy grande en el pueblo, mamá, donde haya siempre suficientes aulas. De ese modo, los niños no tendrán que abandonar el pueblo para poder estudiar —dijo Killari.

— En ese caso —intervino papá Wayra— trabajaremos juntos para construirlo, ¿eh, Killari? ¿Qué opinas?

Killari asintió. Una sonrisa de satisfacción se reflejó en su rostro.

— ¡Mira, Killari, mira! ¡Tunas! ¡En el camino hay tunas!

— ¡Sí, Pachito, y allá va una vizcacha!...

Lo que cada uno sentía no hacía falta decirlo. Estarían en el pueblo sólo unos días y volverían a Lima para luchar por lo que se habían prometido a sí mismos, construir una escuela en su propio pueblo.

Ahora un gran sueño los esperaba, el sueño de Killari, el sueño de muchos niños y niñas de la sierra, el sueño de todos los niños del mundo, un sueño que pintado en un pliego de cartulina expresaba el más puro de los deseos infantiles.

Illustrations Index
By
Rossmary Valverde

Rossmary and Mónica Valverde, Lima , Peru, 1973 .

I want to thank my sister, Rossmary Valverde, who constantly encouraged me to write this story and for creating these beautiful illustrations to accompany it.

Also, thank you to my parents Luis Valverde Y. and Marina Caldas for their infinite patience and their dedication in relating their stories to us in our childhood.

My husband, José Fabián, enriched this work with the confidence he placed in me and with his special childhood anecdotes.

Luis and Dany Valverde, my brothers, gave their unconditional support along with multiple suggestions.

Thank you Gallery 444 and founder Bettie Mitchell, for offering to me the opportunity of this project and for the valuable help in publishing "Killari".

Mónica Valverde

Deseo agradecer a mi hermana, Rossmary Valverde, por haberme alentado constantemente a escribir este cuento y por haber realizado las bellas ilustraciones que lo acompañan.

A mis padres Luis Valverde y Marina Caldas por su infinita paciencia y dedicación para relatarnos sus historias durante nuestra infancia.

A mi esposo, José Fabián, por la confianza depositada en mí y por sus anécdotas infantiles que enriquecieron este trabajo.

A mis hermanos Luis y Dany Valverde por su apoyo incondicional y múltiples sugerencias.

A la Gallery 444 y a su fundadora la Sra. Bettie Mitchel, por brindarme la oportunidad de trabajar con ellos en este proyecto y por su valiosa ayuda en la publicación de Killari.

Photo Portrait of Monica Valverde copyright © 2007 by José Fabián

Mónica
Valverde

When I was eleven years old my father gave me my first personal diary. Since then I have written many infantile anecdotes. In fact, some experiences of Killari I experienced myself during scholastic contests of art and spelling.

My mother used to tell us about her trip riding, on a donkey, from Ancash to Lima and of how, due to the lack of electricity, they took advantage of the moon light. For that reason the name in Quechua language of our heroine is Killari, which means "moonlight".

Later, being a university student, I had the opportunity to know the Peruvian mountain range. This fact made possible descriptions of the landscape that fascinated Killari and Pachito as they traveled towards the capital.

In Killari, I try to represent not only the children of my country, but all the children, young people and adults who have had to leave their land and travel to the great large cities looking for better conditions in their lives, all wishing to return someday to do something good for their own towns.

Cuando tenía once años de edad mi padre me regaló mi primer diario personal. Desde entonces he escrito muchas anécdotas infantiles. De hecho, algunas experiencias de Killari las viví yo misma durante los concursos escolares de arte y ortografía.

Mi madre solía contarnos acerca de su viaje cabalgando en burro desde Ancash hasta Lima y cómo, debido a la falta de electricidad, jugaba con sus amigos aprovechando la luz de la luna. Por eso el nombre en idioma Quechua de nuestra heroína es Killari que significa "luz de luna".

Más tarde, siendo estudiante universitaria, tuve la oportunidad de conocer la sierra peruana. Este hecho permitió la descripción de los paisajes que fascinaron a Killari y Pachito cuando viajaban hacia la capital.

En Killari, pretendo representar no sólo a los niños de mi país, sino a todos los niños, jóvenes y adultos que tienen que dejar sus tierras para viajar a las grandes urbes buscando mejores condiciones de vida y deseando volver algún día para hacer algo bueno por sus propios pueblos.

I was very fortunate to be able to work with my sister Mónica, the author of this story. She was inspired to write this book by a childhood trip taken by our mother.

Our mother has a deep love for Peru and for her childhood village in that country. While relating her many tales of life in this village to her children, she passed this love us.

I also wish to express my thanks to Samantha Bass for her valuable help editing the English translation for this book. Her knowledge and talent was indispensable to this task.

My special thanks to Bettie Mitchell, my mentor, for asking me to illustrate this book, and for her wise counsel and attention to detail at every stage in its development.

I also wish to give my special thanks to Desiree Mitchell and Heidi Bass for their willingness to give me their time, share their thoughts, and for the many kindnesses and courtesies they graciously extended to me.

My thanks to Luis and Dany Valverde, my brothers, for their cooperation and help in making this book possible.

I thank everyone at Gallery 444 with for their dedication, high standards, patience and good cheer.

Rossmary Valverde

He sido muy afortunada de haber podido realizar este trabajo con mi hermana Mónica, la autora de este cuento inspirado en el viaje de nuestra madre en su niñez.

Nuestra madre tiene un amor profundo por el Perú y por su pueblo de infancia. A través de sus relatos de la vida en este pueblo nos transmitió ese amor.

También deseo expresar mi agradecimiento a Samantha Bass por su valiosa ayuda editando la traducción inglesa para este libro. Su conocimiento y talento fueron indispensables a esta tarea.

Mi especial agradecimiento a Bettie Mitchell, mi consejera y guía, por pedirme ilustrar este libro, por sus sabios consejos y atención detallada en cada etapa de su desarrollo.

También deseo dar gracias a Desiree Mitchell y Heidi Bass por su buena voluntad de darme su tiempo, compartir sus pensamientos, y por la bondad y cortesías que ellas graciosamente me hacen llegar.

Gracias a Luis y Dany Valverde, mis hermanos, por su cooperación y ayuda para hacer este libro posible.

Yo deseo agradecer a todos en la Galería 444 por su dedicación, altos estándares, paciencia y aliento.

Photo Portrait of Rossmary Valverde Copyright © 2007 by David J. Cogswell

Rossmary
Valverde

It has always been easy for me to express myself through my art. My paintings are the emotions, experiences, memories and colors of my own universe. It was with joy and satisfaction that I perceived that many people, when viewing my art, discovered within themselves these same feelings.

In illustrating "Killari" I have had the opportunity to be able to shape that mixture of sensations from my childhood. These were feelings my siblings and I all shared when our mother fascinated us with the stories of her own happy childhood.

She has marked each one of us with love of our land and a contagious admiration for our roots and culture. Some of us are far away from out native land and we show this heritage from our mother in different ways in a different manner.

Perhaps it is our common way of preserving, within ourselves, the children who we were.

Siempre ha sido fácil expresarme por medio de mis obras, sentimientos, vivencias, recuerdos, colores, que son parte de mi propio universo y que se manifiestan cuando pinto....pero al percibir que otras personas pueden descubrirse a si mismos dentro de mis pinturas me llena de regocijo y satisfacción.

En Killari he tenido la oportunidad de poder plasmar esa mezcla de sensaciones que desde la niñez fueron comunes para mis hermanos y para mí cuando nuestra madre nos fascinaba con sus cuentos y relatos de su propia infancia feliz. Cada uno de nosotros ha quedado marcado con ese amor por nuestra tierra por la admiración contagiosa hacia nuestras raíces y cultura y lo venimos manifestando de distintos modos en nuestras vidas, aún estando lejos...

Quizás es nuestro modo común de conservar al niño feliz que aún llevamos dentro.